后浪

幻境三日游

李昆武 编绘

云南出版集团
云南人民出版社

前 言

《幻境三日游》原来并不在我的创作计划之列，触动它的念头源于我的家人。

偶尔有一天我读了儿子写的一部小说稿，讲了一个颇具幻象色彩的故事，我觉得现在的年轻人很有想象力，但也没往自己身上去想。

又有一天，女儿忽然对我说，希望我画一部"鬼片"，我问为什么，她说自己看过太多的鬼片，欧美的、日本的、中国古装的，很过瘾。但不知道我笔下的鬼长得什么模样？他们会干些什么？很想看。

对于多年涉足民间文化和历史故事创作的我来说，这真是一个新问题。于是我找了些鬼片来看，果然一片乱麻麻，惊悚的、奇幻的、搞笑打斗的……无所不有。渐渐地，我已品到其中的一些滋味，我发现西方鬼片注重的是感官上的刺激效果，而东方鬼片则着力于心灵感受。那么，如果真让自己去走进这拨幽灵，那又会是怎样的呢？特别是我过去的作品多采用历史纪实手法，缺乏一定的想象力，缺乏时尚元素。

为什么这次不能顺应年轻人的提议，对自己再来一次挑战？

于是，我试着将手中的笔换成一把钥匙，开启了一扇通向"地狱之旅"的大门……

艺术探索充满乐趣，无论这本漫画成功与否，我都要感谢我们的年轻一代。

2015 深秋（三稿）

目 录

前　言　　　　　　　　　　　　1

引　子　　　　　　　　　　　　1
幻境游第一天　　　　　　　　　22
幻境游第二天　　　　　　　　　91
幻境游第三天　　　　　　　　　156
尾　声　　　　　　　　　　　　226

作者手稿　　　　　　　　　　　233

31 子.

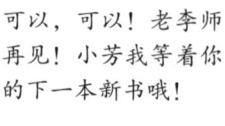

幻境游第一天

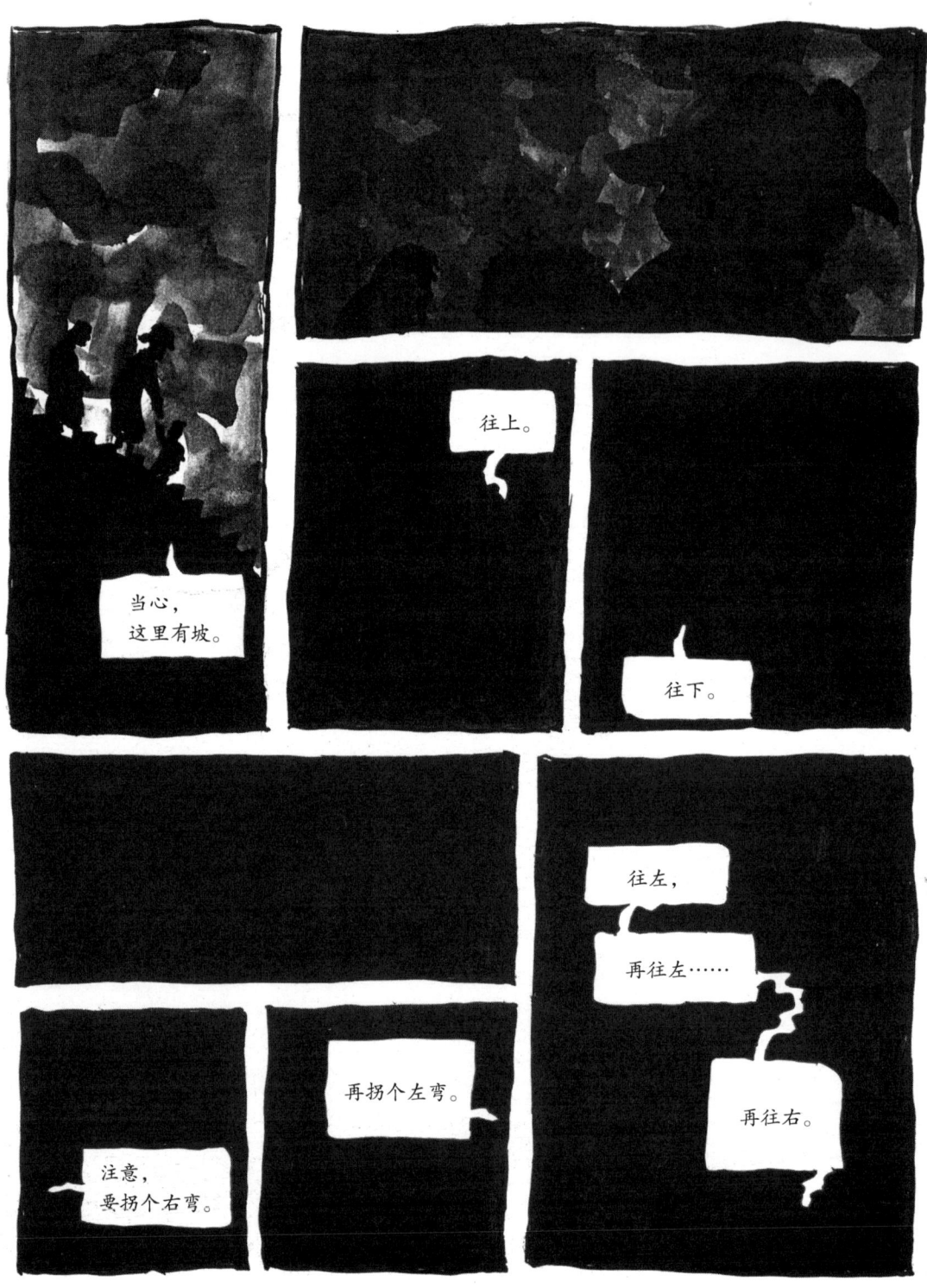

好安静啊!

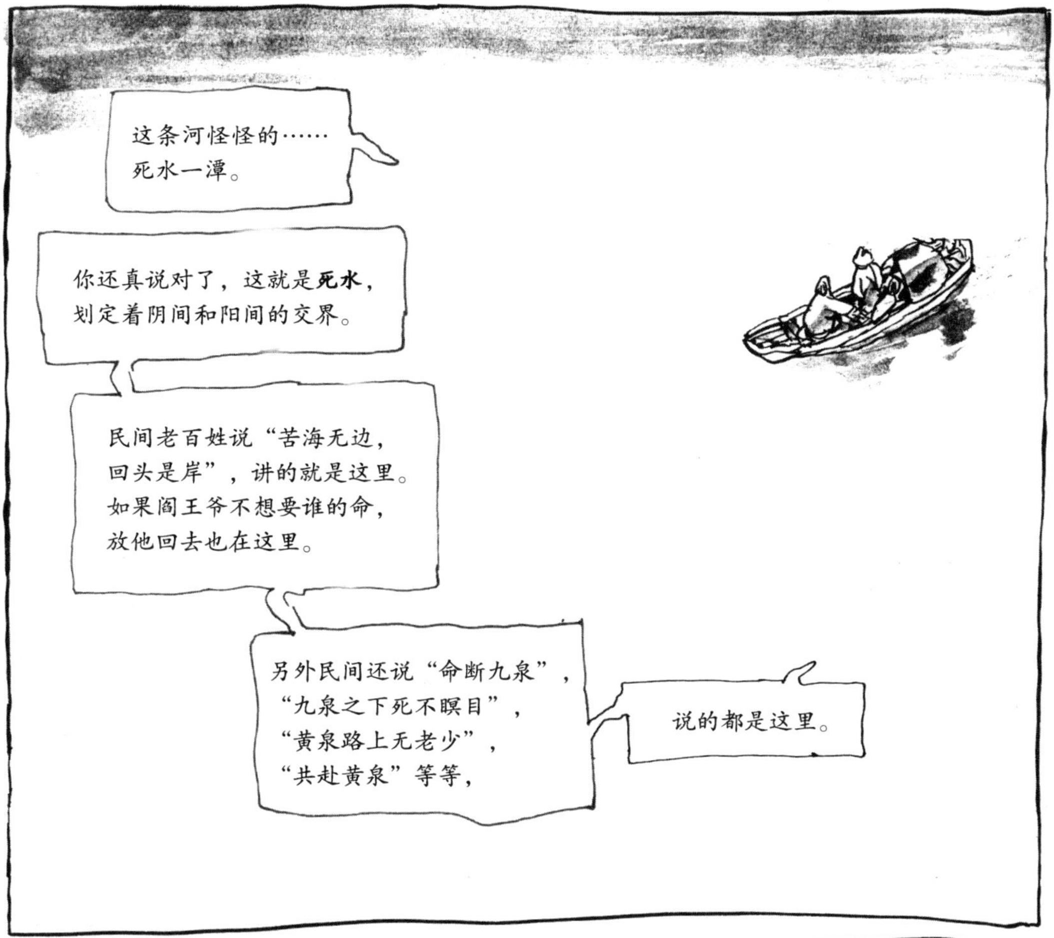

这条河怪怪的……死水一潭。

你还真说对了,这就是**死水**,划定着阴间和阳间的交界。

民间老百姓说"苦海无边,回头是岸",讲的就是这里。如果阎王爷不想要谁的命,放他回去也在这里。

另外民间还说"命断九泉","九泉之下死不瞑目","黄泉路上无老少","共赴黄泉"等等,说的都是这里。

晋女士,我们该下船了吗?

对,一上岸才算正式到达幻境。

我以为阴间很恐怖,但看起来很安详。

离恐怖区还很早呢,这只是中转区,让一些死了但又不想死的人还有一个回心转意的场所,俗称"太平间",又称"乡旮旯晃"。

手工业。

服务业。

34

老李师,怎么样?值得看吗?

值得,值得。

要不要送你回去?

不必,不必。

那行,咱们接着往前走。

阴曹地府在那边。

这里的风景很独特。

等一会儿，我带了纸笔，可以画两张速写。

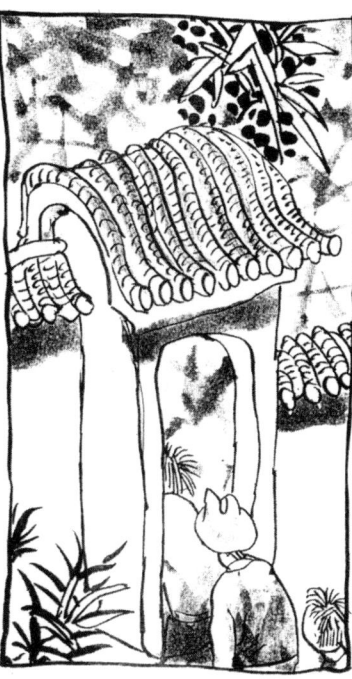

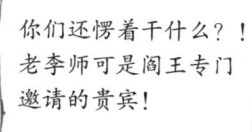

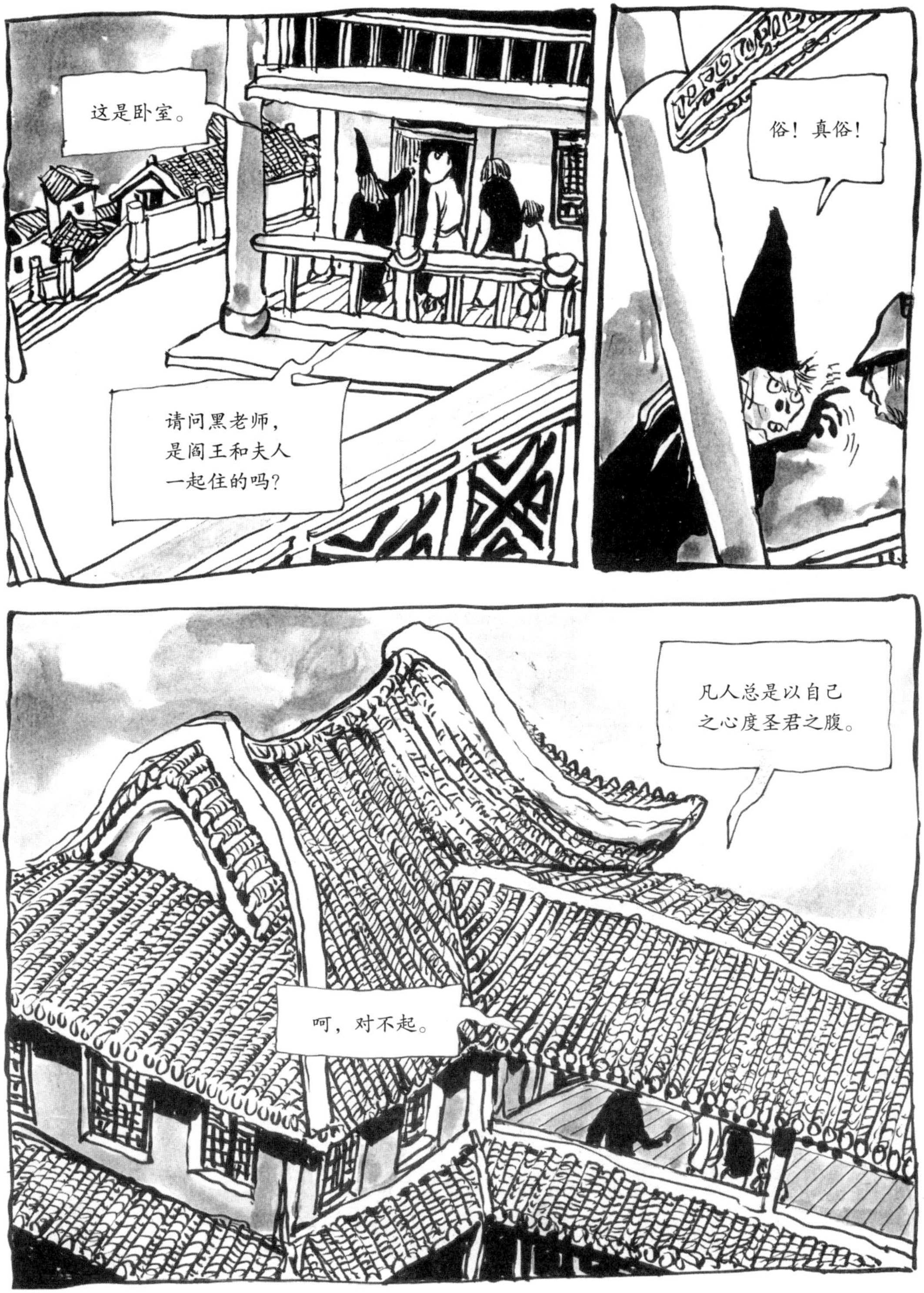

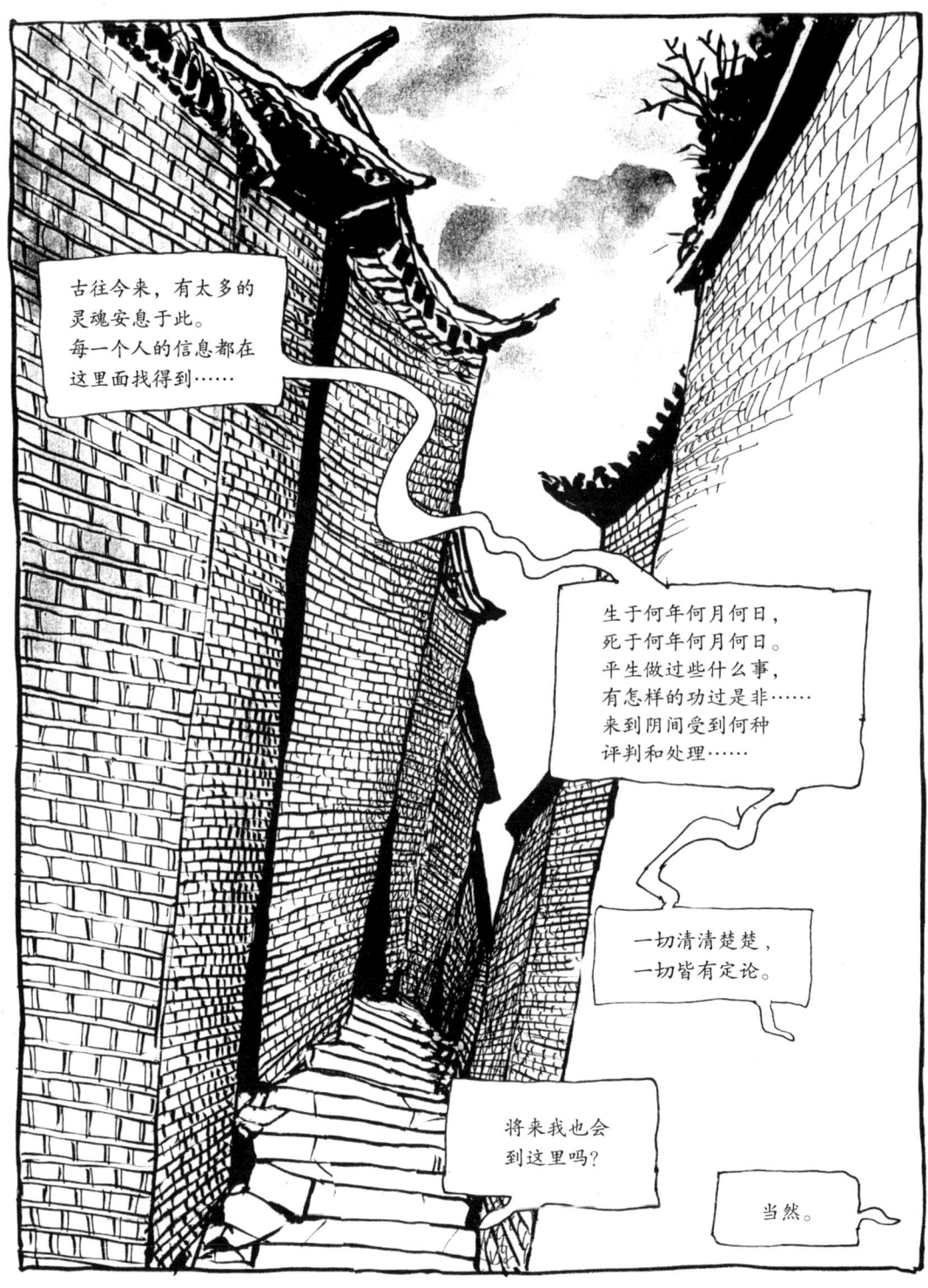

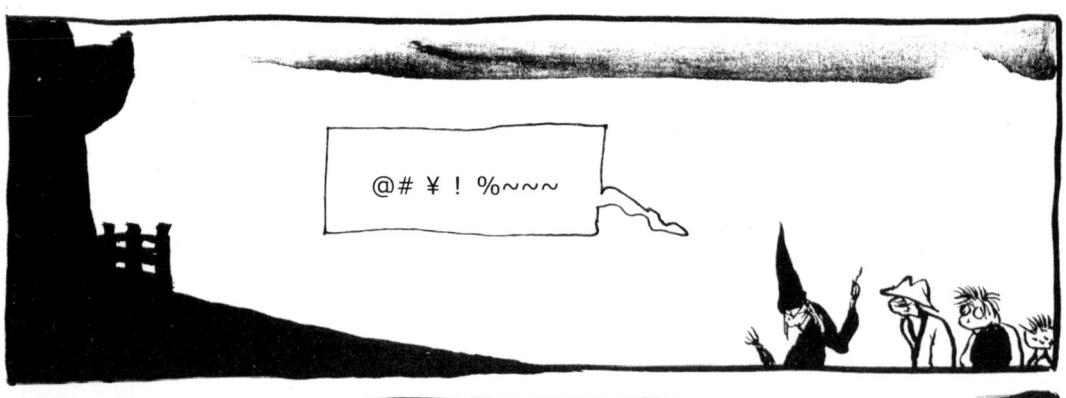

阴阳故事的经典还有《白蛇传》,瞧,在那儿,一座名副其实的断桥,只是没有雨。旁边是小青和法海。

最近流行一首歌叫《法海你不懂爱》,怪怪的,我不会唱。

我会。

法海你不懂爱,法海你真的不懂爱……

我知道,这属于时尚文化。

怎么,黑老师连这个都懂?!

不光懂,我还会。最近咱们也流行一个舞,叫"阴阳死带尔",就是死后带你来的意思。

这创意可真绝!

你们看,这样跳。

雷公电母。

土地爷爷土地婆。

和合二仙。

八仙。

哈哈,他们也来了!

这些人叫正人君子，死了以后可以悠然而至。俗话说的"仙逝"或者"驾鹤归西"，形容的就是这个场面。他们在世时为人厚道，重诚信、重礼仪廉耻，所以享受这种待遇理所当然。

幻境游第二天

他们在忙什么？

最近地狱里正搞扩建，原来的空间不够用了。

跟阳间一样，到处都是工地，这个宏大场面值得画一下。

地狱的管理很复杂,有的小鬼负责工程维修,有的负责物流运输,还有后勤、卫生、环保。当然,更多的负责监控和行刑。看到没有,每一个鬼的围裙下都挂着一块腰牌,牌子标明各自的单位和编号,这是阴间的身份证,鬼才有,人没有。

画下来了吗?

正在画。

喂!你们是干什么的?!

没干什么。

我是这里的层管,请跟我走。

怎么,地狱里也有城管?

不是"城管",是"层管",每一层地狱的层管。

有些人在接待大厅里实在熬不下去，求判官胡乱批个活物的名份转世走了。

还有的看破红尘,
决心下辈子与世无争,
求个草木轮回也走了。

您一定认识我。
我叫陈世美。

我认识。

我是金莲!潘金莲呀!

过去的年代我们认罪伏法。可如今世道变了,阳间电视剧里演我们是封建专制的受害者,既然如此,判官和阎王必须给我们平反!你一定要帮我们说话!

对!如今世上已经是非颠倒、黑白混淆,给个说法,让我们转世回阳!

我是阿Q!死得好冤啊!

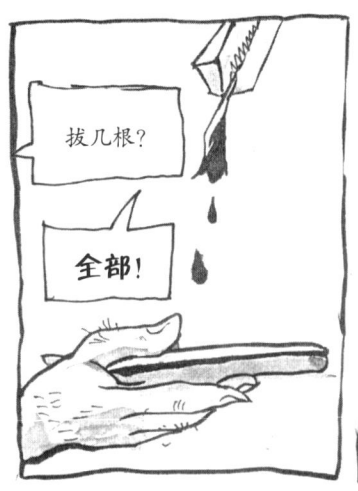

这里湿气很重,不宜久留。

黑老师,您来看!
那里好像有些人?

幻境游第三天

你再看那个人,是个**做假钞**的,时间长,数额多,面值大,吸走了老百姓多少血汗钱,像这样的家伙再怎么收拾他也不为过!

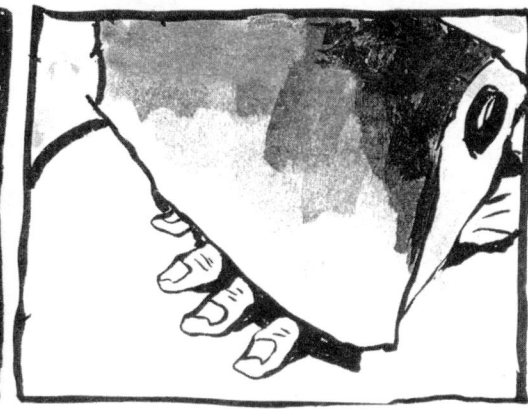

嘿!

哆!!!

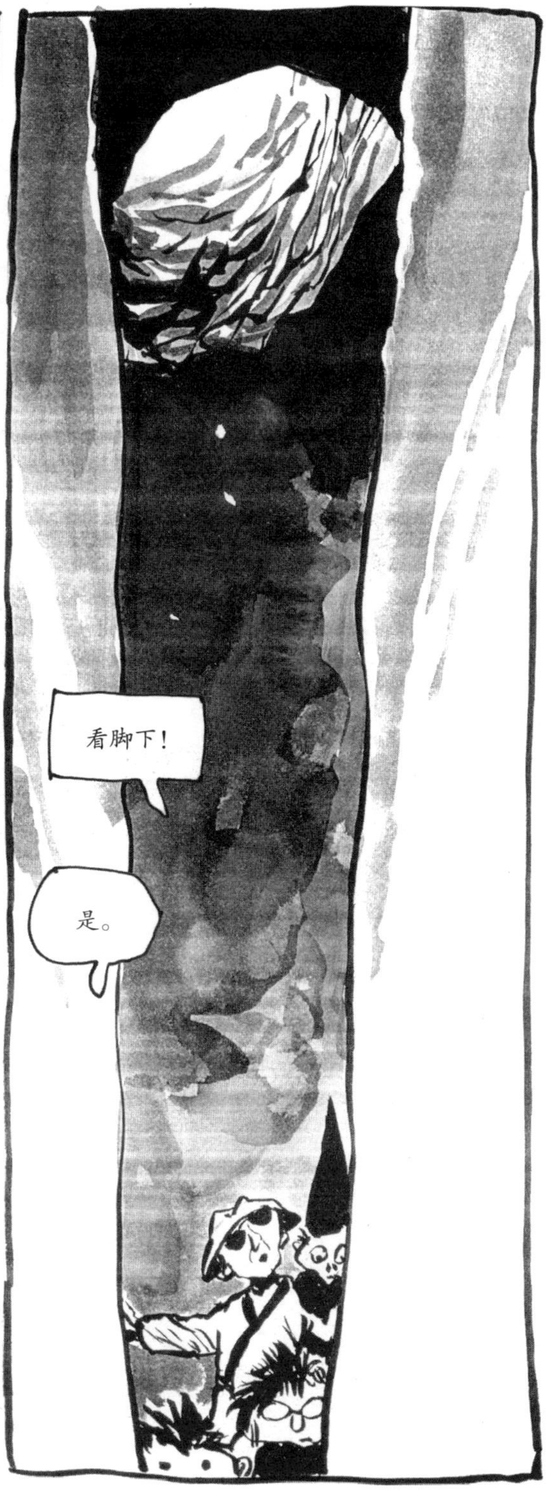

对了,顺便看一看这个地方。

禁闭室,专门用来处罚犯错误的鬼。

刑律面前鬼鬼平等,阴间自有阴间的办法。

让他们继续反省,我们走吧。

你所问的性侵强暴幼童又杀人灭口的家伙就是他。阎王特别重视,专案专办,为他定制了三大**劫难**。

此为第一劫,叫做:
神鬼不容天地诛,
利刃无情两段身。

分别是一套制冰的冷压机和一套加温的热压机。

现在咱们来到的是第八层地狱。与时俱进，我们在这里引进了现代化的设备。

闸口一开，能量同时通向两座平台，故称"冰火两重天"。

此技术专门对付那些素质恶劣，并且屡教不改的人。比如赌博斗殴者、泼硫酸毁人容颜者……

难怪世上老说缺电，原来被你们用在这里了。

他们当中有诈骗钱财者、偷井盖者、破坏电信线路者。对了，还有**酒醉驾车致人丧命者**……

第十层地狱。

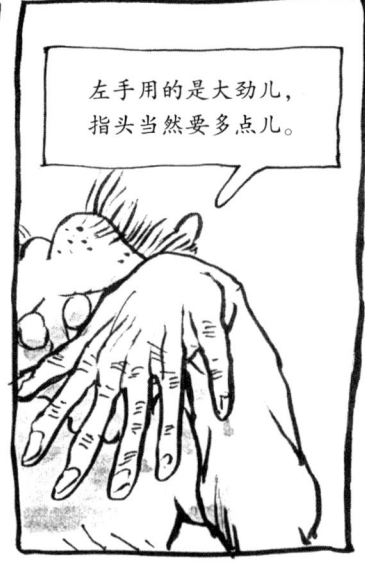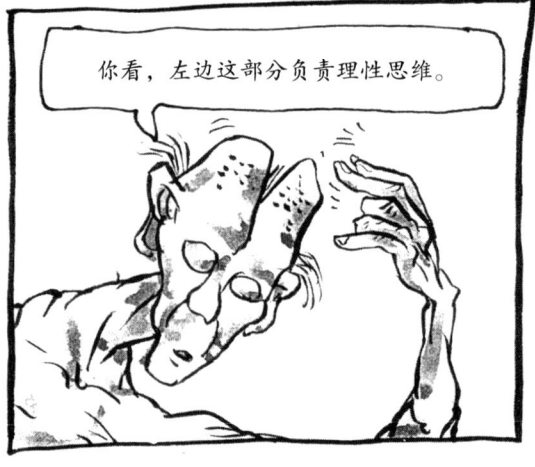

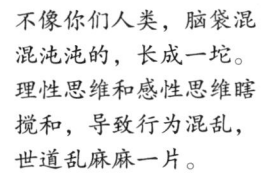

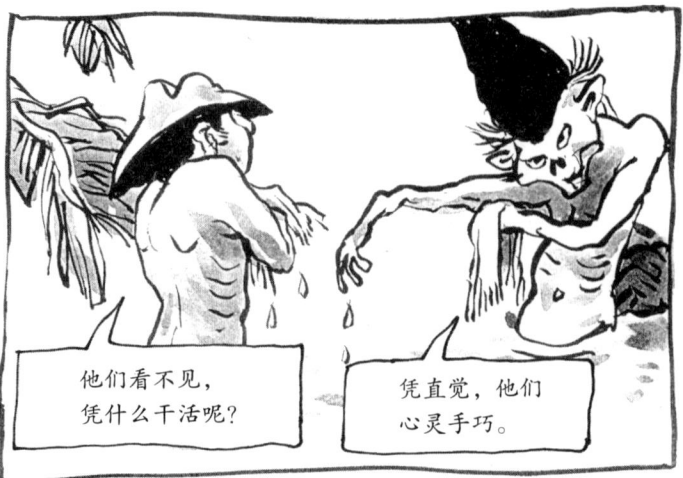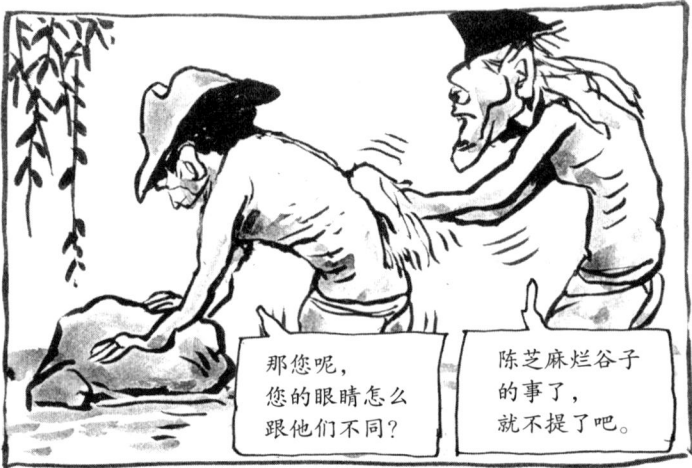

就这样。

死后来到阴间,判官留我当了小鬼。因为我干活机灵,被阎王看中,调到阎王殿当了门卫,门卫又提升为侍卫,这期间我自学成才,最后当上了阎王的秘书。

哪里,如果就这样的话那就太简单了。你知道这句诗吗,叫"洞中才数月,世上已千年"。

后来我听说人世间发生了巨大变化,高速度地进入了现代工业社会,到处摩天大楼,满街跑小轿车,沙发、冰箱、大立柜、席梦思,对了,当时听说还有一种带遥控器的彩电,我最想不通的就是这玩意儿,就那么黑黑的箱子,插上电,轻轻一按,马上就有人来说话、唱歌、跳舞……

就这样，我出生了，回到人间。

我向阎王申请轮回转世，要亲眼看看那一切。阎王开始不同意，他需要我。但经不住我一再要求也就批准了。他给我选择了一家读书人投胎，意思是让我接受书香门第之熏陶，将来当个知书达理、为民造福的文化人。

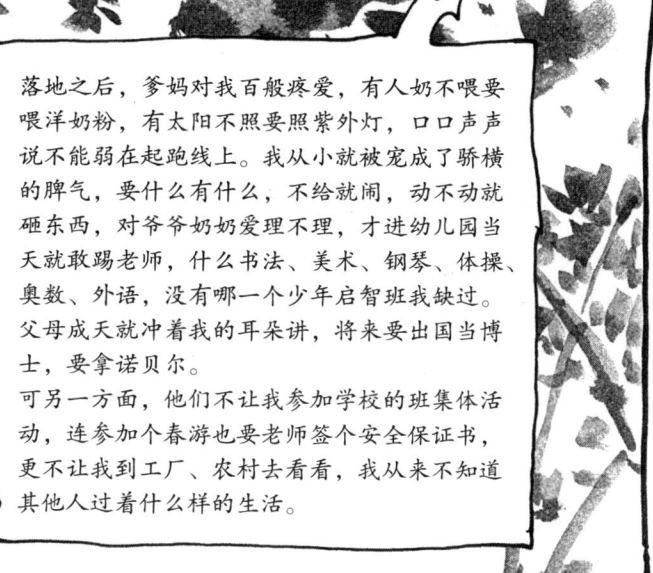

落地之后，爹妈对我百般疼爱，有人奶不喂要喂洋奶粉，有太阳不照要照紫外灯，口口声声说不能弱在起跑线上。我从小就被宠成了骄横的脾气，要什么有什么，不给就闹，动不动就砸东西，对爷爷奶奶爱理不理，才进幼儿园当天就敢踢老师，什么书法、美术、钢琴、体操、奥数、外语，没有哪一个少年启智班我缺过。父母成天就冲着我的耳朵讲，将来要出国当博士，要拿诺贝尔。

可另一方面，他们不让我参加学校的班集体活动，连参加个春游也要老师签个安全保证书，更不让我到工厂、农村去看看，我从来不知道其他人过着什么样的生活。

没错，如今都兴这样，后来呢？

晋女士、土儿,我们走。

等等,本无常还有话要说。

知道吗,在我负责的财务部门,经常会收到阳间一些暴发户寄来的汇款,人民币、美元、欧元、英镑,乱七八糟的啥都有。

而且越来越多,全是这些人送给阎王的买路钱,要求阎王让他们延年益寿,最好还长生不死,简直是天大的笑话!

你回去一定要转告他们,这里没世上所谓"有钱能使鬼推磨"那一套!别让我们老是劳神费劲地为他们退钱。真烦!

听到没有?

嗯。

这究竟是怎么回事？！这几天真是邪门了！搞得我头昏脑胀！

是的，李大爷，我和奶奶早就是鬼了。

老李师，你别急，听我说。几个月前在书店里见你签名售书时，我们还是人。

但几天以后，我送土儿上学的路上被酒驾的司机给一起撞死了，当时土儿手里紧紧地攥着有你的签名的漫画书。到了阴间被阎王看见，他特地让我们重返阳间请你，只要能把你请到，我们祖孙俩就能平安过关，免去磨难。所以我们感激不尽！

是的，谢谢李大爷。

……

尾声

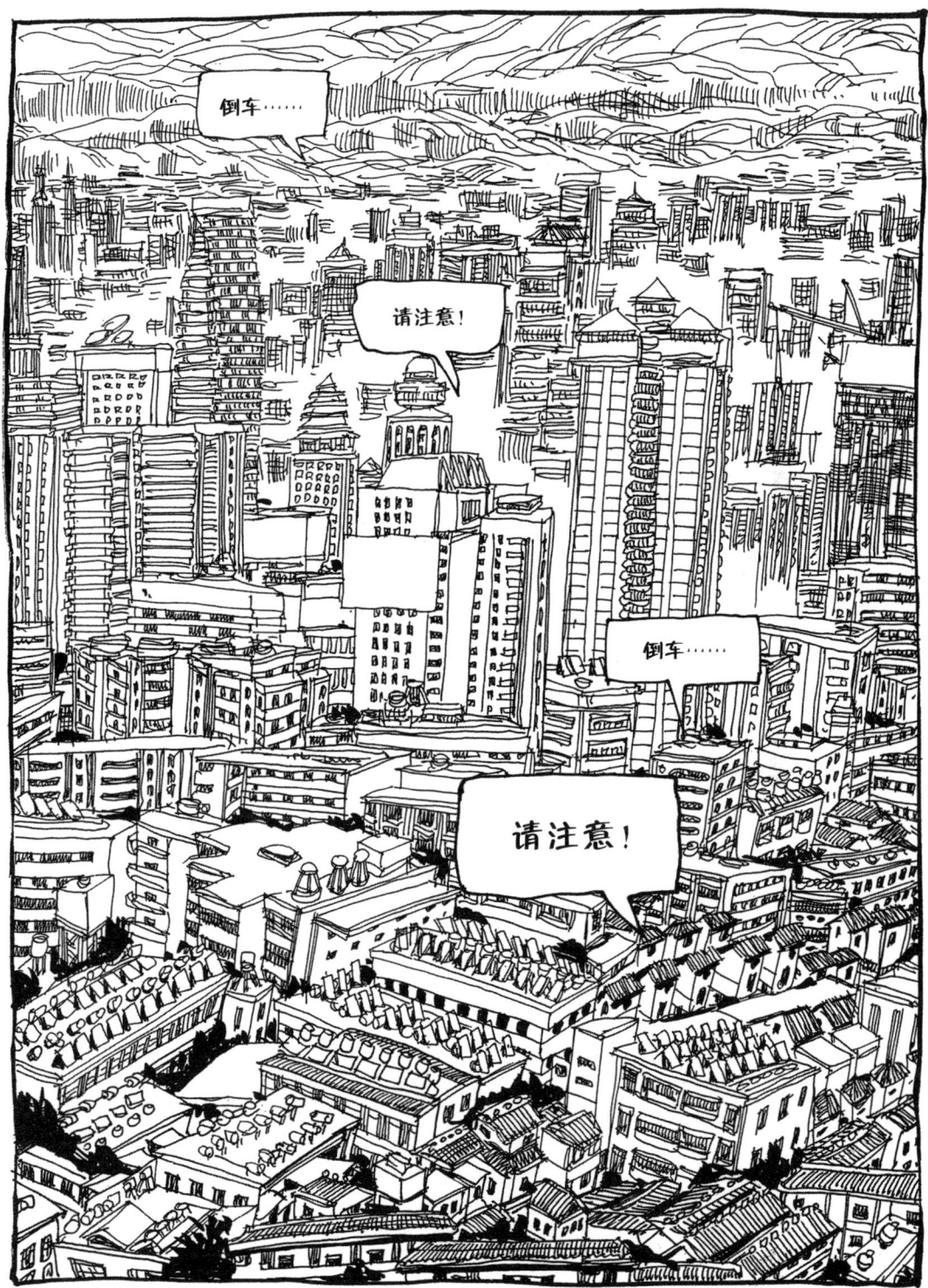

作者手稿

绘图 李昆武
上色 肖雅心

出版后记

　　漫画作品会因作者的阅历而变得富有重力,当你合上这本书时,故事中的角色会像不倒翁一样在你脑海中站立起来。《幻境三日游》就是这样一部漫画,带有层次的水墨风格跟随其中的剧情,慢慢勾勒出这个似曾相识的世界,途经的"幻境"也被赋予了颜色。

　　可是,我们从未去过"幻境",又怎知什么才是它真正的颜色?

　　当"幻境"成为"现实"的代名词时,这便不再是一篇遥不可及的玄幻故事。当以"游客"身份去观察生活时,其所见所闻又似乎会比身处其中要来得更加丰富和全面。作者生活在都市社会这座"大山"中,他赋予角色的使命便是将这座山从生活中剥离出来,让山中的人们得以拥有片刻停歇,去好好审视脚下的路。

　　好似"现实"的"幻境"又怎能是场可以走完的旅途?在故事开篇,晋女士两次强调的"来去自由"无疑是开放了这次"幻境游"的期限,然而剧情还是以"三日"作为旅途始末:伴随着欢愉新鲜感的"第一天",目睹种种现实的"第二天",不得不接受现状的"第三天"。这三天可以被视为是一场思辨的过程,也可以是一天中情绪的变化,又或者是一段必经的生活之道。

　　正如《幻境三日游》结尾一般,我们终归是要回到"生活"这座"大山"中,那么,不妨在奔波的路上寻得一处开阔之地,将视野越过复杂的城市路线和繁乱的人情世故,去观察现实万物真正的颜色。

服务热线:133-6631-2326　188-1142-1266
服务信箱:reader@hinabook.com

后浪出版公司
2016 年 5 月

图书在版编目（CIP）数据

幻境三日游 / 李昆武编绘. -- 昆明：云南人民出版社，2016.5
ISBN 978-7-222-14576-4

Ⅰ.①幻… Ⅱ.①李… Ⅲ.①随笔—作品集—中国—当代 Ⅳ.①I267.1

中国版本图书馆CIP数据核字(2016)第077556号

Copyright © 2016 Ginkgo (Beijing) Book Co., Ltd.
All rights reserved.

选题策划：后浪出版公司
出版统筹：吴兴元
特约编辑：孙　歌
责任编辑：王　逍
装帧设计：墨白空间·李海超
责任校对：陶汝昌
责任印制：杨　立

《幻境三日游》
李昆武　编绘

出版	云南出版集团　云南人民出版社
发行	云南人民出版社
社址	昆明市环城西路609号
邮编	650034
网址	www.ynpph.com.cn
E-mail	ynrms@sina.com
开本	720mm×1030mm　1/16
印张	15.5
插页	4
字数	130千
版次	2016年5月第1版第1次印刷
印刷	北京中科印刷有限公司
书号	978-7-222-14576-4
定价	45.00元

后浪出版咨询（北京）有限责任公司 常年法律顾问：北京大成律师事务所　周天晖 copyright@hinabook.com
未经许可，不得以任何方式复制或抄袭本书部分或全部内容
版权所有，侵权必究

本书若有质量问题，请与本公司图书销售中心联系调换。电话：010-64010019